LYRIK EDITION

Die Lyrik-Edition wird von Bernd Leukert herausgegeben.

1. Auflage 2016

www.editionfaust.de

Gestaltung: Bayerl & Ost
Druck: druckhaus köthen, Köthen (Anhalt)
Printed in Germany
ISBN 978-3-945400-31-9

Christa Wißkirchen

Nach der Flut

Christa Wißkirchen

NACH DER FLUT

Gedichte

editionfaust

ON

Zwitschern meines kleinen Systems
vor dem
Summen der Welt
dahinter
das All auf Standby

Abendschein

Träumend-rosé wie der Dunstring am Horizont,
alles zart angeschienen von ferner Nachglut,
Zaun, Giebel und Baumkulisse alles träumend-rosé.
Der Nachbar sammelt den Abend ein,
drüben im Fenster des alten Paars ist die Stehlampe an.
Stehlampe,
Stehlampe,
heißt das noch so,
was man in Heimen verwendet für horizontlose Augen?
(Lampenschein, heimgehn)

Anblick eines Anblicks

Schiebt mich nach rechts schiebt mich nach links
aus diesem Labor es misst 171 mal 110 gibts keinen Ausgang
Wer setzte mich welcher heidnische Gottseibeiuns
in diese Undsoweiter-Hölle ich solls euch zeigen
ich warum ich
Wo ist mein Glockenseil wer ruinierte
unsere Gottesbürger-Klausur die mich schützte
vor jenem schlimmsten Meeres-Verdacht, dieser Seelen-
Aussaugung mit Möwenverschärfung
und legte mir schamlos nackt das Meer vor die Füße
Wo soll ich hin
ich verlange ein anderes Bild ich verlang
eine Dunstkathedrale ein Wolkenkreuz
gebt mir Ewigkeits-Maßwerk
in dieser schwarzen Suppe schwimmt nichts als
tückische Radiolarien-Kristallometrie
Könnt ihr mich sehn?
Seht mich doch
wie ich sehe

(zu: Caspar David Friedrich »Der Mönch am Meer«)

Anhörung

Aber es gibt zuviele
Aber das schillernde Kragengeschmeide
passgenaue Schichtung
zartmetallisches Fließen der kleinen Deckfedern
wenn sie das Hälschen rucken im Trippeln
Aber es gibt zuviele
Aber das Auge rundes Juwel
und das Phänomen Flug
sie können es alle
auch die zänkischen milbenverseuchten
und ihre Familienangelegenheiten
wichtige Gurr-Gründe
auf verkrusteten Filigransimsen
zwischen Kadavern im Glockenturm
Aber es gibt zuviele
Aber sahst du je eine junge
reinstes Pastell
wie sie erstmals die Welt
anblickt …

Blickfeld

Dach, Stern und Sichel haben nichts gemein,
einander fern stehn sie in Abendklarheit
mir nur zugleich im Blickfeld, doch das Auge
nennt sie in einem Atem, unbelehrbar,
und komponiert ein frommes Abendbild.
So lass ich sie, das Dach, den Stern, die Sichel,
drei Chiffren eines Kinderabendfriedens,
der nie gewesen, aber mir gewiss ist,
dort stehn als unbeweisbaren Besitz.

Buchsbaum

Wächst unten im Lichthof von Spiegelschluchten
wächst auf dem siebzehnten Stock
wächst in Blöcken in Streifen
quadratisch spiralig kugelig scherbar
zuverlässig starkgrün und man schätzt
seine Blättrigkeit minimale Strukturdifferenz
zum starkgrünen Artefakt.

Schiene auf Neu-Versailles jene alt-
modische Sonne Nachmittagssonne schräg
auf die Plaza wo mitten wir
im Center und jener alt-
modisch mildbittre Hauch
katholisches Kraut wo wuchs noch
das Original?

Das a in Vater

Plötzlicher Einklang von Nomen, Stimme, Figur:
Vater
sagt mit Vatervokal
der Bariton am Altar.

Das Blatt

Gib acht, schon bröckelt
es zwischen den Rippen aus,
gebleichtes Netzwerk zur Hälfte,
doch lange noch kenntlich: ein Ahornblatt.
Sieh es an, ich verrate dir, was du siehst
(sags nicht weiter):
es ist unser Großvater aus dem Anatomiebuch,
gelblich verschnurrt, die linke Wange
abpräpariert, aber noch: es ist er.
Still, rühre mit Ehrfurcht
das Blatt an. Blätter haben
doch ein Gesicht.

Der Nährwert des Kiesels

Nicht in die Mühle werfen!
Er macht alles Mahlwerk zuschanden.
Kein Öl erpressbar, kein Mehl,
zu schmecken schlucken verdauen nichts.
Behalt ihn jedoch in der Hand.
Es kommen Zeiten da musst du
den Nährwert des Kiesels erwägen.
Mühlen sind widerlegbar.

Der Reif

Er setzt am Vorhandenen an.
Seine Technik ist einfach,
Frost und Feuchte sein Material.
Er setzt Akzente. Beleuchtet Gewohntes neu.
Er differenziert im Gewucher:
Wuchsrichtungen lässt er erkennen,
kühne Stengelstatik beweist er.
Er übertreibt: Blattrippen, Ränder
und die zarte Logik des Spinnwebs.
Er arbeitet lautlos.
Er nimmt nicht Partei.
Sein Effekt
ist vergänglich.

Die Farne

Die Farne entrollen sich einmal im Jahr
jetzt
verschiedene Stadien der Entrollung
sind gleichzeitig zu sehen
die äußerste Spitze klappt etwas ab
bevor sie sich streckt.
Bitte: wir haben Farn-Entrollung
treten Sie doch heran
jetzt
dies ist entgegen verbreiteter Ansicht
nicht wiederholbar. Sie müssten
im Fall der Versäumnis den ganzen un-
ausdenklichen Durchgang von Streckung Aus-
fächerung Welkung Schrumpfung Zerfall Null-
zustand Sie könnten
erst dann wer weiß denn es wäre
Leichtsinn also bitte
jetzt

Dienstbesprechung

Notier dir wie folgt:
Fürs Straflager (verschärfte Haft)
Vollstreckungs-Kräfte aus gutem Hause gesucht,
psychisch stabil, korrekt, durchsetzungsfähig,
charakterlich unauffällig (keine Sadisten),
die mit Augenmaß die Geißel zu schwingen wissen,
immun gegen Jammern,
physiologische Kenntnisse (wo Schmerz am effektivsten)
nicht Bedingung, aber erwünscht.
Setz das ins Blättchen. Einer muss,
sagt der Praefectus, die Drecksarbeit machen.
Vergiss nicht den Nachschub an Nägeln,
ich meine: Kloben von Qualität, hier nicht sparen,
aber Preisabsprachen der Schmiede sofort unterbinden.
Und keine Schlamperei mehr bei der Verankerung!
Wackelnde Kreuze
können uns beide die Stellung kosten.

Die Schildkröten

Im bräunlichen Urdunst ein stiller Spiegel,
durchbuckelt von reglosen Panzerrücken.
Sie liegen. Sie liegen unerreichbar in eigener Zeit.
Nicht im Bild ist der klickende Leichtfuß,
der sich samt Kamera längst entfernte,
nicht im Bild ist mein ratloser Schrägblick
auf liegende Buckel im ewigen Teich.

Draußen

Ganz hinten ganz fern
wo dem Lampensaal trübe Unendlichkeit dämmert
wo Schicksale sich in Schwärze verliern
in finsterster Bühnentiefe also
dort jetzt
schlägt/klappt/reißt plötzlicher Wind
eine Stahltür auf Lichtstoß
blendendes Rechteck und siehe:
dahinter rollt frech grell busy der Straßenverkehr
in Tagsonne, draußen!
Und: draußen! staunen sämtliche Zeigefinger im Saal.
Was soll das? Was glotzt ihr?
Hübsch aber auf diesen Regietrick
falln wir nicht rein.
Wir wissen, wir Kritiker, lang:
Türen gehn auf ins nächste Beleuchtungs-
Interieur.

Düne

Samtweiche Kuppe, kleines Geriffel am blauen Tag,
Windchen klein rührt die Gräser, und da
kleines Geriesel unten, flache Verrollung Verwischung
und wieder Stillstand. Was war das?
Ungeheures ist hier im Gang.
Du sagst: minimal, du sagst: Krümel-Translokation,
aber sahst du den drive, den drive, den das hat!
Drei Sandkörner wandern. So
fängt es an.

Fasson

Himmel wie Teppich sorglos weltunter
mein horizontaler Beruf
Regen ins offne Aug, eine Wange geerdet
Gedanken rücklings zeigen den Welpenbauch
Aber der Mensch geht aufrecht
aufrecht erörtert er horizontale Geschäfte
So muss er wenn abends
der Bettenverkäufer uns flachlegen kommt
aufrecht in voller Montur
aus dem Interview
kippen

Feldkreuz

Artefakt (lotrecht) zwischen Wildwuchs und Weite,
auf dem beigegebenen Baum (aufrecht)
krümmt sich sein Schatten.
Mahnfinger strenger Geborgenheit,
verlassen im Feldall,
Fliegen sonnen sich auf ländlichem Maßwerk,
queren begriffslos ein Rillensystem
das sich, mühsam, bevor
es zu bloßen Steinfurchen wird,
noch dem lesenden Auge formiert:
RET-TE-DEI-
NE-SEE-
LE

Futterale

Plumper zwar als die Originale,
doch hartnäckig dauernd in Samtzier und Stolz,
Prachtleder, Edelholz.
Vernutzt, zerbrochen ist, was sie besessen,
aber sie selber, demutvergessen,
schneiden nicht, tönen nicht, können nichts lehren,
kommen aber zu sekundären
Vitrinenehren,
finden endlich als Originale
Futterale.

Genitiv-Etüde

Er ihrer überdrüssig
Sie seiner eingedenk
Er ihrer bedürftig
Sie seiner müde

Ach deiner gewiss sein
Ach meiner mächtig
Wie deiner entraten
Erbarm dich
unser

Halme

Am zarten Material kanns nicht liegen.
Aufschießende Kraft bis zu schwindelnder Höhe,
elastische Stabilität einer Hohlform,
strukturierte Schwäche ihr ewiger Trick:
gegen-gekantete Floskeln, gebündelte Analogien,
Zirkelschlüsse hauchdünn aber clever verschachtelt,
strenge Knotenversteifungen sparsam dosiert,
das schwankt,
das trägt,
das krönt sich oben mit schöner Dolde und Ähre,
das hält
bis zum Herbst, länger muss es nicht, denn
bis dahin ist längst das Programm
zahllos kopiert und gestreut.

Hohlraum in Flussnähe

Dämmert es schon? Wo man eben
in dieser kostbaren Kapsel, erleuchtet, erwärmt
in der tönenden Riesenmuschel tobte und tanzte
auffliegend Himmelsfahnen entrollte
Festbarken im Streicherglanz den Fluten vertraute
da ist nun
fern und allein ein Cello geblieben
spult quellende Windungen aus
schraffiert punktiert perforiert unsre Seelen
atmet synchron zum Basshauch der Dauerbelüftung
tastet mit kühlen Tentakeln das Rund ab
und buchstabiert diesen Hohlraum neu:
Geglättete Baumsegmente kleiden ihn aus
und Schichten verdrillter Fasern
Konglomerate von ausgeschmolzenen Erzen
verbackenes Steinmehl.
Bohrt nunmehr
die Wand an. Was kam noch dahinter?
Feuchte Gerölle, amorphes Geschiebe, wir wissen es wieder.
Jetzt. Der gestaut längst hinter uns wartete

kommt nun, der Rhein.
Während ruhig die Schmutzflut steigt
in der dunklen Philharmonie, spült sie kreiselnd
ein Cello nach oben, es trudelt
beiläufig ab durch das dunkle Foyer.
Mit wenigem Seufzen, Druckausgleich schiebender Massen
schließt sich die Blase im Ufergrund.
Sättigung. Stille.

(für Siegfried Palm)

Heurige Amsel

Neu auf der Gartenbühne:
Auftritt in frischgewaschenem Schwarz
Amselkerl, fit, junger Profi
der räumt hier ab
alles schon drauf wie die Alten
gucken – rucken – zucken – schlucken
lang vergessen sind Ei und Nest
und die piepsige Bettelzeit
mit knappem Ausfall fegt er die Konkurrenz
und ich sage:
wieder ein gut gelungener Vogel.

Irische Melodie

Hart an der Klippe
noch einmal die stumme Angst
lösen ins Lied.
Noch einmal in süß-lebendiger Abstraktion
das Ganze umgreifen:
Musik ist
Abschiedsmusik.

Kein Durchgang

Holz, Unterholz,
Bruch, Fall und Dickicht,
und mitten aufrecht steht
rot-weiß verbietend
der rostige Finger der Norm.
Hier ist kein Weg mehr.
Aber es hat ihn gegeben.
Er war verboten.

Kein Stein

Es wird
Abend im Klosterhof
unter rötlichem Licht
schatten die Mulden
kein Stein
ohne Mal viel Abende kamen hier schon
unsre Hand ist so jung
auf dem
Mauerrand ansässig da wie der Fels
nur wenig geschliffen von Händen der
anderen
man sollte solang das rötliche Licht
Laubgeruch Abendgeräusche vielleicht noch
bleiben

Kleist – Lebenszeilen

Durch diese schöne mit sich selbst bekannt
Dann wird er die Fanfare blasen lassen
Durch diese mit sich selbst bekannt gemacht
Eh wird er nicht Fanfare blasen lassen
Mein Seel, wenn man zu Wort mich kommen ließe
Ach! Schöne Anstrengung. Die Wahrheit ist
Dass mir auf Erden nicht zu helfen war
Bassa Manelka! Meine Braut! Was tust du?
Verliebt ja, wie ein Käfer, bist du mir
Durch diese schöne – ach, was du da gakelst
Soll hier dem Kruge nicht sein Recht geschehn?
Doch dann wird er Fanfare blasen lassen
Wenn er den Spruch für ungerecht kann halten
Ach, wie man dir dein Handwerk ansieht, Liebe
Kassier ich die Artikel: er ist frei
Du nimmst dir gleich ein Tuch um, Katharina,
Und trinkst nicht eh'r, bis du dich abgekühlt
Teremtetem! Das dauert mir zu lange
Mir ziemt's hier zu verfahren, wie ich soll

Krypta

Seit tausend Jahren
fiel hier kein Tropfen Regen.
Umwölbte Kubikmeter halten sich stumm
über meinungslos wartendem Stein.
Steinmulden
getreten von längst verrotteten Sohlen.
Säulen für immer gründend
in ihrer Steinwurzelmüdigkeit.
Schwach noch das ferne Rauschen der Projekte.
Hier
wird geschwiegen.

Da.
Eine Ameise.

Lady

Fein Mündchen machen trotz Beutelfalten,
mit goldberingten Knochen-
fingern durchs Graublond.
Die Modetüte bringt was, nicht viel
(Zielgruppe betuchte Betagte).
Womit noch punkten? Mit Ironie,
milde Sarkasmen, das geht.
Geist könnte helfen,
vielleicht auch: Güte.
Aber das Urteil steht.

Ländlicher Anblick

Lauter Programmabläufe parallel
auf ein Rechteck gebündelt
aufrecht, gedrängt und grün.
Zeitgleich erheben sie sich zunächst
bis zu gewisser Höhe plus-minus
hängen wenns soweit ist
die weißlichen Staubfäden raus
treuherzig unprätentiös
überm dämmernden Halmwald schwanken
die Fruchtknoten-Aggregate
allseits gleiches Design
paarsymmetrischer Vorrat
bis zu gewisser Anzahl plus-minus.
Ungeheurer unhörbarer Multiplikations-
Knall explodierendes Hoffnungs-Kollektiv.
Lassen sich dann ohne Gegenwehr
umhaun wenns soweit ist
ihre Sprengkraft sich absammeln geduldig
von schlauen Herrenwesen.
Bizarre Erfindung
kaum im Vorbeigehn zu fassen
was sich: Gerstenfeld nennt.

Lappen

Lappen hat bessere Tage gesehn
spart euer Mitleid
geschnitten aus großem Zusammenhang
Design-Spuren farbsträhnig ins Weite
voll im Einsatz aber mit Vorbehalt
der abgerissne Look ist sein Plus
er führt den Titel Fragment
(manche werden als Lappen geboren
fertig umkantet)

Lichteffekt

Letzte Rotsonne schräg an die Böschung,
rötliches Bodenlicht, traumversunken
zwischen rötlich träumenden Stämmen.
Und wieder der unangemessene Schmerzhauch
herüber aus alt-vergangenen Abendböschungen:
Immer dies Stehende, das ich nicht nachahmen kann,
ich pulse, ich atme
und muss nun weiter.

Lupus in fabula

Muss es erzählt sein?
Wie Lämmlein die Vorwände klar widerlegt,
aber nicht Wolfs Grund.
Erzählt muss es sein.
        – Du trübst mir das Wasser.
        – Ich trinke ja unten.
Ach bitter, bitter, müssen wir's hören?
        – Beleidigt hast du mich voriges Jahr.
        – Ich war nicht geboren.
Ach altes Spiel, alt und bekannt, nicht weiter!
        – Du nagst meine Wiese mir ab.
        – Wie das, ohne Zähne?
O weh, erlass uns das Ende!
Nein, Erzählen muss sein:

Und er fraß es.

mails

betrifft mail 0.1
sorry ich muss etwas nach-
ich möchte mail 0.1 dahingehend
ich setzte einen falschen akzent
es könnte der eindruck
bitte verstehn Sie mich richtig
ich war stilistisch nicht auf meinem
bitte ergänzen Sie mail 0.1 in diesem sinne

betrifft mail 0.2
ich muss leider nochmals
es war eine voreilige
man sollte nicht nachträglich
man sollte nicht anfangen sich zu
mail 0.2 war im ganzen zu wenig
ich möchte das spontane von mail 0.1 gern stehenlassen
bitte betrachten Sie mail 0.2 als gegenstandslos
mit besten grüßen

Matinee

Schwacher Grundhauch der Lüftung
beharrlich gleichmütig als Sprache des Raums
und nun die Flöte Flöte
die Flöte spult atmend
alle Kultur-Kubikmeter voll
Draußen geht der Vormittag seinen Gang
verschiebt Dachschatten
pendelt mit einem hängenden Zweig
Vor mir zwei Halssehnen zwischen Twinset und Bob
(ein Messerhieb und der Kopf sackte weg)
Und langsam langsam
breitet sie weiche Flügel um mich
die große
Grundmüdigkeit

Minute

Zunächst anekdotisch:
unverhoffte Begegnung am Feldweg
mit einer rotblonden Katze beim Mausssprung.
Und sitzt nun im milden Spätlicht
aufrecht drüben am Pfützenrand.
Aufmerksam, reglos
über die Wasserfläche hinweg
sehn wir einander an.
Halt. Die Minute. Nicht träumen jetzt,
denn es ist alles vorhanden:
Dreiecksgesichtchen und weiße Kehle
im stillen Spiegel gedoppelt,
hinter den Drähten der blasse Halbmond,
und ein Schwarm kleiner Vögel
wirft sich über die Hecke und wieder zurück.
Nicht in Äonen
tritt dies wieder zusammen.
Lern es, by heart.

Mohn-Verlauf

Erst Auswickelung sorgfältig nach Programm,
Glutfarben-Aufwand, bei zartestem Material.
Dann nach Erreichen der vorgesehenen Spreizung
mit lieblicher Grandezza Leuchtflecken unter sich streun,
kostbaren Abfall sorglos verschwenden,
kleines feuerrotes Deko-Event.
Seh ich, mit Seiten-Schrägblick, recht:
dass dies eine Geste ist?

M-Optionen

Nur nicht
mit der Nase in einen Kopfsack geraten
nur nicht, sondern Quer-
und Durchgänge wühlen, allen Links nach-
wühlen, mit neuen Wühlperspektiven
System unermüdlich verfeinern
denn
vielleicht doch eines Tages ja doch
denn es geschah sagt man
es stieß einer es war ein Schock
brach beim Abraumentsorgen
durch
Luft!
Scharfer Wind
und irrte blind
und kam der scharf-
äugige Weih
und vorbei

Nach der Flut

Das Wasser fällt
und sie kommen wieder zum Vorschein,
die Pfähle des Wissens.
Zäune und Wegweiser
vermessen aufs neue das Land.
Zieh die schweren Stiefel an: zu Schiff
kommst du nicht mehr über den Acker.

Neuerscheinung

Wir Schuppenglanz Kaltblick
wir Präzisionsgebiss Schleimfallentrick
zuckende Beiwohnung hastiges Schlingen
und dann klaglos ab in Sediment-Jahrmillionen.

Da tritt dieser Dandy einher,
mäkelt am Wetter,
hätschelt über Gebühr seine Brut,
verlangt gemuetlichkeit zwischen Fraß, Sprung und Schlaf,
bettelt seinesgleichen um Futter an,
weil er zagt vorm Zerreißen der Beute.
Müßig bestaunt er filigrane Skelettchen,
bosselt an neuen Wörtern
und hängt sie sich vor die Höhle,
Wörter wie (nie gehört): Glück.

Physik

Die Sonne scheint in die Küche.
Das ist entsetzlich.
Ein kantenschneidender Fernstrahl
doziert über Optik, sonst nichts.
Blindlings wandert in seiner Exaktheit -
            mein Jammer hält ihn nicht auf -
der Schatten der Tasse.
Die Wanduhr stemmt sich, wie lang noch?
gegen die Gravitation
(kleines Jahrtausend nur und der Nagel gibt nach).
Entkommt ihr der Aufsicht, für einen Moment, ihr Gesindel,
seh ich euch doppelt und ewig
ohne mich kreisen.
Es könnte einer zugrund gehn
an sonnenbeleuchteten Küchen.

Plötzliches Genügen

Erdiger Krautgeruch
sorgloses Doldengestrüpp
ich vor mich hin
da
geht mein Schatten auf im Feld
es erscheint auf dem fernen Berg
die plötzlich herausgeleuchtete Stadt
ach und weit-
räumige Ballungen Schiebungen
Luftsträhnen Farbzungen Regenschraffur
fließendes Werden und Wälzen
die zarte Riesen-Choreographie

Alles meins alles aufgesaugt schon
alles eingeatmet in dringender Liebe
nehmt euch greift euch ich habe genug
nehmt alles ich gönn euch das Ganze und geb noch
gratis die Grille dazu

Prinz in der Hecke

Klüger sein will er,
gewitzter als jener Vorgänger,
der das Buschmesser schwang und
selbstverständlich sofort zugrundging.
Vorsichtig zupft er die dornigen Schlingen
sich von der Schulter, sortiert numeriert sie
täglich gründlich verzweifelt geduldig.

Ja, zähle und zupf du nur,
teile und bündle,
gruppier das Dornenzeug neu
um die blutende Haut.
Was dich am Hals sticht, wer weiß wo
ist es verwoben; befreist du die Hand,
hängt der Fuß in den Ranken.
Mit roten Röschen, die ihnen oben wachsen,
lachen sie über dich. Lass die Finger davon,
wart auf dein Ende.
Du bist der Rechte nicht.

Privat

Wehende Gräser am Weidezaun,
Juniwind wühlt in Massen von Laub,
ich schwer von Gedanken, da tritt hinzu
perfekt als Amen und Siegel der Szenerie
jener Vogelruf -
Kadenz von gelassener Melancholie,
unbeirrt repetiert zwischen Wind, Gedanken und Laub.

Wie heißt der Vogel?
Was geht's euch an, haben Vögel zu heißen?
Ich bin allein,
so darf er mir namenlos singen.

Risus paschalis

Starke Verlockung ja ich gebs zu
Kryptenmuff Sticksarkophag wo der Schädel
jahrtausendlang in die Kalkwand verbissen
der Stunde harrt: Hier
wollt ihr mit Kerzen mit Lärmen hier muss
doch die äußerste Engung um-
schlagen in Kapselsprengung
Triumph der Höhle als Durchbruch ins Freie –
dass ich nicht lache ich lache
Ha

Säuberung

Es ist ein undeutlicher Dreckfleck
Es ist ein dünner verrenkter Gliedermatsch
Es ist eine zerriebne Chitinspur
Eben noch jene bewegliche Feinstruktur
samt Fluchtreflex und Reproduktionstalent, zartest-
gespannte Symmetrie, Sensorium winzig doch wach

Ich wars nicht
Es war der Lappen
Der Besen wars
(Die Kachelecke erinnert sich nicht)

Sanctus

O dynamisch-nichtlineares System
synchrone All-Präzision
O dezentraler Speicher aller Engramme
O komplexester Metarepräsentant
der du nichtlokal gleichwohl hocheffizient
dich selbst strukturierst
O unsimulierbarer Code
vernetzt sind Input und Output
von deinen Erregungsmustern:
    HÖRE mich
    LIEBST du mich
    KOMM

Scan

Es muss eine Allgemeine Höhere Fundamental-Ästhetik geben
der lieg ich
sorglos, absichtslos, ganz
auf dem Flachbett
(weder Opfertisch noch Liebesmatratze)
und der All-Scanner tastet:
fragiles Knochen-Gespänge
sanft geknäuelte Schleimfluss-Mäander
lautlos zuckende Feinstromnetze
diskrete Teilungen/Mehrungen/Lösungen
Leukozyten-Ballett -

Das ist meine Schönheit, meine neutrale All-
Schönheit im stehenden Auge

Selbstversuch

Abfahrt, die ersten Meter
banal-vertraut, mein Feldweg von oben
ja Hunde-Ecke, ja Bank
ja Brombeer-Böschung
gleitende Galerie, und bin plötzlich
Transportgut, man schleppt mich
Abführn! die ersten Meter
Bank / Feldweg / schnell noch umfassen
Brombeern / nie wieder / Hunde-
Ecke / nein Böschung / lasst mich doch
wenigstens Abschied / vorbei -

Entspann dich. Dies ist die Regionalbahn.
Rückfahrt gebucht
»Fahrgast«
man schleppt dich
mitnichten
das war
in Geschichten.

Sonderfall

Ein Lebewesen, das,
ihn verzehrend,
den Fisch
betrachtet.

Ein Lebewesen, das,
ihn betrachtend,
den Fisch,
nicht genug über ihn weiß.

Und verzehrt ihn.
Aufschlussreiche Teile
bleiben zurück.

Spät

Vor halbem Maßwerk
Profil der Knäbin in Locken
lässig-brokat ohne Lächeln
Finger an horchender Flöte, klug.
So fährt das stehend durchs halb-
transparente Jahrtausend.
Spät sind wir, spät.

Sprach-Verlagerung

Kieselsteine, ausgesucht schöne, wenn man sie hat,
auf einer Fläche sorgfältig zusammenlegen,
auch Stücke von Dachlatten,
oder Nadeln zu kleinen Büscheln
in Polsterränder stecken, solches ergibt sich
für die unbeschäftigte Hand,
wenn man zu reden
aufgehört hat.
Kleine Anhäufungsgesten,
geräuscharm,
gefährlich.

Stabheuschrecke

Ja, täuschend echt.
Ja, verblüffend. Schon gut.
Stab, ohne Stab zu sein,
Stab unter Stäben,
Stabhaftigkeits-Muster
noch übers Stabsgesindel hinaus.
Aussehn genügt nicht,
auch das Bewegungsmuster des Stabs
will erreicht sein,
beinah.
Die Differenz, sie ist klein,
heißt ihr Leben.

Staub

poltert niederdonnert unaufhörlich täglich
es zentnern die Brocken auf alles Horizontale
zerhämmert zerhagelt zerhackt alles Glänzende

während feinschwebend sanftsinkend
verwirbelbar Weltkriege lautlos sich legen
für eine Schreibspur des Fingers
aufs schwarze Klavier

Sterbender Pianist

Auf der Decke die Hände
sind doch noch gut.
Was heißt Hände, es ist ja die Steuerung:
Griffmuster, Abläufe, Nuancengedächtnis,
alles intakt.
Aber in diesen unteren Höhlen
da wuchert und fault es,
verschwendet den Lebens-Erwerb
und verdirbt das Spiel.
Kommt.
Es muss alles hinunter.

Stufen der Einsicht

Die Akte, die Akte,
du grübelst, du suchst sie vergebens,
bis du, aufatmend, erkennst: das ist Unsinn,
man brauchte sie nicht, das Dossier ist komplett.

Bis du, erwachend, erkennst:
Es gibt kein Dossier, keine Akten,
das Ganze war Unsinn.

Teppich

Nur ein starkes Gemüt kann die Logik des Teppichs ertragen.
Aug in Aug mit der farbenglühenden Pracht
die zerfällt unterm Blick:
tote Verschlingungen, tückisch um-
springende zweiseitige Passungen
menschenfern summende Symmetrie
Hirnzeugung synthetischer Wucherstrukturen
erstarrter Multiplikationszwang
verlorenes Undsoweiter: geh
mit Füßen über das falschblühende Feld
oder lerne die Knüpfkunst.

Tierwappen

Zwei Vogelwesen, man sieht sie
geschlungen in verrenkter Symmetrie,
die gefährlichen Schnäbel einander nah.
Es kommen und gehn die Betrachter
und sehn einen Kampf.
Das ist Täuschung.
Zwei Vogelwesen,
ein jedes sucht Zuflucht
unter den Flügeln des andern.

Trabantenbeschimpfung

Sterne sind gut zu vertragen, so heiter-abstrakt,
gruppieren sich wieder zwanglos
zu langbenannten Figuren,
stiften willig für unsern Gestaltwahn die groß-
gespannten Beziehungs-Luftnummern,
Augentanz, kitzelnde Nadelstiche, mehr nicht.

Aber dieses auf einmal toten-
still hinterm Dach auftauchende aufdringliche
tückisch trübglimmende Blindgesicht
Stumpfgesicht Dummgesicht schamlos herein-
starrende Nachbarfratze Erdparodie
hämisch uns hingehaltnes entzogenes Außen
es löscht unser Abendgeklapper ersäuft
in finsterm Glanz alle Bierlichterkränze
Steht
da.

Zisternen

Ruhigen Augs all das Sickern und Gluckern
was tropfenweis uns in die Hand gezählt
fallweis von oben uns zufällt
Spritzer auf durstige Lippen und Überschwall hin-
schießend die singenden springenden Wässerlein alle
mit klugen Gefällen sich beilenken rinnen- und röhrenwärts
gleichrichten Dürre und Flut
Und schaut nun Wasserbesitzer zufrieden
stilldunkle Kubikmeter reglos
in Dunkelhallen ruhende Masse
aufschreckt
das einsame Schöpfgeräusch
unsilbern
Akkugeschmack

Zwei Farben des Ackers

Zwei Streifenpartien links/rechts, sich verjüngend
mehr rötlich/mehr gelblich zum Horizont
Sie haben Gründe für ihre Nuancen
gemähte Stengel, riechend und heißend
Aber das Auge
hat sie schon verraten
verlernt ihre redlichen Namen
stiehlt ihnen ihr Pastell
verrührt es mit windigen Sky-
fetzen kompositionsgeiler Blaugeschmack
saugt Oberflächen lässt sie verfließen
speit neue Schraffuren

Wollt ihr das Auge, das unackerhafte, tadeln?
Geduld, es wird selber
verfließen.

Inhalt